REFLEXIONS

OV

SENTENCES

ET

MAXIMES

MORALES.

A PARIS,

Chez CLAVDE BARBIN, vis à vis
le Portail de la Sainte Chapelle,
au figne de la Croix.

M. DC. LXV.

AVEC PRIVILEGE DV ROY.

Voicy vn Portrait du cœur de l'homme que
ie donne au public, sous le Nom de Reflexions
ou Maximes Morales. Il court fortune de ne
plaire pas à tout le monde, parce qu'on trouuera peut-estre qu'il ressemble trop, & qu'il ne
flate pas assez : Il y a aparence que l'intention du Peintre n'a iamais esté de faire par-
roistre cét ouurage, & qu'il seroit encore r'en-
fermé dans son cabinet si vne méchante copie
qui en a couru, & qui a passé même depuis
quelque temps en Hollande, n'auoit obligé vn
de ses Amis de m'en donner vne autre, qu'il
dit estre tout à fait conforme à l'Original; Mais
toute correcte qu'elle est, possible n'éuitera-
t-elle pas la censure de certaines Personnes qui

ne peuuent ſoufrir que l'on ſe meſle de penetrer dans le fonds de leur cœur, & qui croyent
eſtre en droit d'empeſcher que les autres les
connoiſſent, parce qu'elles ne veulent pas ſe
connoiſtre elles-mêmes. Il eſt vray que comme
ces Maximes ſont remplies de ces ſortes de
veritez dont l'orgueil humain ne ſe peut ac-
commoder, il eſt preſque impoſſible qu'il ne ſe
ſoûleue contre elles, & qu'elles ne s'atirent des
Cenſeurs. Auſſi eſt-ce pour eux que ie mets icy
vne Lettre que l'on m'a donnée, qui a eſté faite
depuis que le manuſcrit a paru, & dans le
temps que chacun ſe meſloit d'en dire ſon auis;
elle m'a ſemblé aſſez propre pour répondre aux
principales dificultez que l'on peut oppoſer aux
Reflexions, & pour expliquer les ſentimens de
leur Auteur : Elle ſuffit pour faire voir que
ce qu'elles contiennent n'eſt autre choſe que
l'abregé d'vne Morale conforme aux penſées
de pluſieurs Peres de l'Egliſe, & que celuy qui
les a eſcrites a eu beaucoup de raiſon de
croire qu'il ne pouuoit s'egarer en ſuiuant dé
ſi bons guides, & qu'il luy eſtoit permis de
parler de l'Homme comme les Peres en ont
parlé; Mais ſi le reſpect qui leur eſt deu n'eſt
pas capable de retenir le chagrin des Critiques,
s'ils ne font point de ſcrupule de condamner
l'opinion de ces grands Hommes en condam-
nant ce Liure; Je prie le Lecteur de ne les pas

imiter, de ne laiſſer point entraiſner ſon eſprit au premier mouuement de ſon cœur, & de
donner ordre s'il eſt poſſible que l'Amour
propre ne ſe meſle point dans le iugement
qu'il en fera, car s'il le conſulte, il ne faut
pas s'attendre qu'il puiſſe eſtre fauorable à
ces Maximes; *comme elles traittent* l'Amour
propre *de corrupteur de la raiſon :* Il ne man-
quera pas de preuenir l'eſprit contre elles. Il
faut donc prendre garde que cette preuention
ne les iuſtifie, & ſe perſuader qu'il n'y a rien
de plus propre à eſtablir la verité de ces Reflexions *que la chaleur & la ſubtilité que l'on
temoignera pour les combattre.* En effet, il ſera
difficile de faire croire à tout homme de bon
ſens, que l'on les condamne par d'autre motif
que par celuy de l'intereſt caché, de l'orgueil
& de l'amour propre · En vn mot, le meilleur
party que le Lecteur ait à prendre, eſt de ſe
mettre d'abord dans l'eſprit, qu'il n'y a aucune de ces Maximes qui le regarde en parti-
culier, & qu'il en eſt ſeul excepté, bien qu'elles
paroiſſent generales. Apres cela ie luy répond,
qu'il ſera le premier à y ſouſcrire, & qu'il
croira qu'elles font encore grace au cœur humain. Voila ce que i'auois à dire ſur cét eſcrit
en general; pour ce qui eſt de la methode que
l'on y euſt peu obſeruer, ie croy qu'il euſt eſté
à deſirer que chaque Maxime eût eu vn tiltre

du ſujet qu'elle traite, & qu'elles euſſent eſté miſes dans vn plus grand ordre, mais ie ne l'ay pû faire ſans renuerſer entierement celuy de la copie qu'on m'a donnée, & comme il y a pluſieurs Maximes ſur vne même matiere, ceux à qui i'en ay demandé auis, ont iugé qu'il eſtoit plus expedient de faire vne table à laquelle on aura recours pour trouuer celles qui traittent d'vne méme choſe.

REFLEXIONS

MORALES.

———

I.

L'Amour propre eſt l'amour de ſoy-même, & de toutes choſes pour ſoy ; il rend les hommes idolâtres d'eux-meſmes, & les rendroit les tyrans des autres, ſi la fortune leur en donnoit les moyens ; il ne ſe repoſe jamais hors de ſoy, & ne s'arreſte dans les ſujets étrangers que comme les Abeilles ſur les fleurs, pour en tirer ce qui luy eſt propre ; Rien n'eſt ſi impetueux que ſes deſirs, rien de ſi caché que ſes deſſeins, rien de ſi habile que ſes conduites; ſes ſoupleſſes ne ſe peuuent repreſenter, ſes transformations

paſſent celles des Metamorphoſes, & ſes rafi-
nements ceux de la Chimie : On ne peut ſonder
la profondeur, ny percer les tenebres de ſes
abiſmes. Là, il eſt à couuert des yeux les plus
penetrans, il y fait mille inſenſibles tours &
retours ; Là, il eſt ſouuent inuiſible à luy-
meſme, il y conçoit, il y nourrit, & il y éleue
ſans le ſçauoir, vn grand nombre d'affections
& de haines ; il en forme de ſi monſtrueuſes,
que lors qu'il les a miſes au jour il les méconnoit,
ou il ne peut ſe reſoudre à les auoüer . de
cette nuit qui le couure naiſſent les ridicules
perſuaſions qu'il a de luy-même, de là viennent
ſes erreurs, ſes ignorances, ſes groſſieretez, &
ſes niaiſeries ſur ſon ſujet ; de là vient qu'il
croit que ſes ſentimens ſont morts lors qu'ils ne
ſont qu'endormis, qu'il s'imagine n'auoir plus
enuie de courir dès qu'il ſe repoſe, & qu'il
penſe auoir perdu tous les gouſts qu'il a raſ-
faſiez ; Mais cette obſcurité épaiſſe qui le cache
à luy-meſme, n'empeſche pas qu'il ne voye
parfaitement ce qui eſt hors de luy, en quoy
il eſt ſemblable à nos yeux qui découurent tout,
& ſont aueugles ſeulement pour eux meſmes.
En effet dans ſes plus grands intereſts, & dans
ſes plus importantes affaires, où la violence de
ſes ſouhaits appelle toute ſon attention, il voit,
il ſent, il entend, il imagine, il ſoupçonne, il
penetre, il deuine tout ; de ſorte qu'on eſt

tenté de croire que chacune de ſes paſſions a
vne eſpece de magie qui luy eſt propre. Rien
n'eſt ſi intime & ſi fort que ſes attachemens,
qu'il eſſaye de rompre inutilement a la veuë des
malheurs extrémes qui le menacent. Cependant il fait quelquefois en peu de temps, & ſans
aucun effort, ce qu'il n'a pû faire auec tous
ceux dont il eſt capable dans le cours de pluſieurs années ; d'où l'on pourroit conclure aſſez
vrayſemblablement, que c'eſt par luy-meſme
que ſes deſirs ſont allumez, plûtoſt que par la
beauté, & par le merite de ſes objets ; que ſon
gouſt eſt le prix qui les releue, & le fard qui
les embellit ; que c'eſt apres luy-meſme qu'il
court, & qu'il ſuit ſon gré, lors qu'il ſuit les
choſes qui ſont à ſon gré : il eſt tous les contraires, il eſt imperieux, & obeïſſant, ſincere &
diſſimulé, miſericordieux & cruel, timide & au-
dacieux : il a de differentes inclinations ſelon
la diuerſité des temperamens qui le tournent,
& le déuoüent tantoſt à la gloire, tantoſt aux
richeſſes, & tantoſt aux plaiſirs ; il en change
ſelon le changement de nos âges, de nos fortunes, & de nos experiences : mais il luy eſt
indifferent d'en auoir pluſieurs, ou de n'en
auoir qu'vne, parce qu'il ſe partage en pluſieurs, & ſe ramaſſe en vne quand il le faut, &
comme il luy plaiſt : il eſt inconſtant, & outre
les changemens qui viennent des cauſes étran-

geres, il y en a vne infinité qui naiſſent de luy, & de ſon propre fonds; il eſt inconſtant, d'inconſtance, de legereté, d'amour, de nouueauté, de laſſitude, & de degouſt; il eſt capricieux, & on le voit quelquefois trauailler auec le dernier empreſſement, & auec des trauaux incroyables à obtenir des choſes qui ne luy ſont point auantageuſes, & qui meſme luy ſont nuiſibles, mais qu'il pourſuit parce qu'il les veut. Il eſt bijeare, & met ſouuent toute ſon application dans les emplois les plus friuoles, il trouue tout ſon plaiſir dans les plus fades, & conſerüe toute ſa fierté dans les plus mépriſables. Il eſt dans tous les eſtats de la vie, & dans toutes les conditions, il vit partout, & il vit de tout, il vit de rien; il s'accommode des choſes, & de leur priuation, il paſſe meſme dans le party des gens qui luy font la guerre, il entre dans leurs deſſeins; & ce qui eſt admirable il ſe haït luy-meſme auec eux, il conjure ſa perte, il trauaille meſme à ſa ruine; Enfin il ne ſe ſoucie que d'eſtre, & pourueu qu'il ſoit, il veut bien eſtre ſon ennemy. Il ne faut donc pas s'étonner s'il ſe joint quelquefois à la plus rude auſterité, & s'il entre ſi hardiment en ſocieté auec elle pour ſe deſtruire, parce que dans le meſme temps qu'il ſe ruine en vn endroit, il ſe rétablit en vn autre; quand on penſe qu'il quite ſon plaiſir, il ne fait que le ſuſpendre, ou le changer, & lors mefme qu'il eft vaincu, & qu'on croit en eftre défait, on le retrouue qui triomphe dans fa propre defaite. Voila la peinture de l'amour propre, dont toute la vie n'eft qu'vne grande & longue agitation : la mer en eft vne image fenfible, & l'amour propre trouue dans le flus & le reflus de fes vagues continuelles, vne fidelle expreffion de la fucceffion turbulante de fes penfées, & de fes eternels mouuemens.

II.

L'amour propre eft le plus grand de tous les flatteurs.

III.

Quelque découuerte que l'on ait faite dans le païs de l'amour propre, il refte bien encore des terres inconnuës.

IV.

L'amour propre eft plus habile, que le plus habile homme du monde.

V.

La durée de nos paffions ne dépend pas plus de nous, que la durée de noftre vie.

VI.

La paſſion fait ſouuent du plus habile homme vn fol; & rend quaſi toûjours les plus ſots habiles.

VII.

Les grandes & eclatantes actions qui ébloüiſ-ſent les yeux, ſont repreſentées par les Politiques, comme les effets des grands intereſts; au lieu que ce ſont d'ordinaire les effets de l'humeur, & des paſſions. Ainſi la guerre d'Auguſte, & d'Anthoine, qu'on raporte à l'ambition qu'ils auoient de ſe rendre Maiſtres du monde, eſtoit vn effet de jalouſie.

VIII.

Les paſſions ſont les ſeuls Orateurs qui perſuadent toûjours, elles ſont comme vn art de la nature, dont les regles ſont infaillibles, & l'homme le plus ſimple que la paſſion fait parler, perſuade mieux que celuy qui n'a que la ſeule eloquence.

IX.

Les paſſions ont vne injuſtice, & vn propre

intereſt, qui fait qu'il eſt dangereux de les
ſuiure, lors meſme qu'elles paroiſſent les plus
raiſonnables.

X.

Il y a dans le cœur humain vne generation
perpetuelle de paſſions, en ſorte que la ruine
de l'vne eſt toûjours l'établiſſement d'vne autre.

XI.

Les paſſions en engendrent ſouuent qui leur
ſont contraires; l'auarice produit quelquefois
la liberalité, & la liberalité l'auarice; on eſt
ſouuent ferme de foibleſſe, & l'audace naiſt
de la timidité.

XII.

Quelque induſtrie que l'on ait a cacher ſes
paſſions ſous le voile de la piete, & de l'honneur, il y en a toûjours quelque endroit qui ſe
montre.

XIII.

Toutes les paſſions ne ſont autre choſe que
les diuers degrez de la chaleur, & de la froi-
deur du ſang.

XIV.

Les hommes ne font pas feulement fujets a perdre également le fouuenir des bienfaits, & des injures, mais ils haïffent ceux qui les ont obligez, & ceffent de haïr ceux qui leur ont fait des outrages; l'aplication à recompenfer le bien, & à fe venger du mal, leur paroîft vne feruitude à laquelle ils ont peine à fe foûmettre.

XV.

La clemence des Princes eft fouuent vne politique dont ils fe feruent pour gagner l'affection des peuples.

XVI.

La clemence dont nous faifons vne vertu, fe pratique tantoft pour la gloire, quelquefois par pareffe, fouuent par crainte, & prefque toûjours par tous les trois enfemble.

XVII.

La moderation dans la plus part des hommes, n'a garde de combattre, & de foûmettre l'am-

bition, puis qu'elles ne fe peuuent trouuer enfemble ; la moderation n'eftant d'ordinaire
qu'vne pareffe, vne langueur, & vn manque
de courage : de maniere qu'on peut juftement
dire à leur égard, que la moderation eft vne
baffeffe de l'ame, comme l'ambition en eft
l'éleuation.

XVIII.

La moderation dans la bonne fortune, n'eft
que l'aprehenfion de la honte qui fuit l'empor-
tement, ou la peur de perdre ce que l'on a.

XIX.

La moderation des perfonnes heureufes eft
le calme de leur humeur, adoucie par la pof-
feffion du bien.

XX.

La moderation eft vne crainte de l'enuie, &
du mépris, qui fuiuent ceux qui s'enyurent de
leur bonheur, c'eft vne vaine oftentation de
la force de noftre efprit ; & enfin pour la bien
definir ; la moderation des hommes dans leurs
plus hautes éleuations, eft vne ambition de
paroiftre plus grands que les chofes qui les
eleuent.

XXI.

La moderation est comme la sobrieté, on voudroit bien manger d'auantage, mais on craint de se faire mal.

XXII.

Nous auons tous assez de force pour supporter les maux d'autruy.

XXIII.

La constance des Sages n'est qu'vn art, auec lequel ils sçauent enfermer leur agitation dans leur cœur.

XXIV.

Ceux qu'on fait mourir, affectent quelquefois des constances, des froideurs, & des mépris de la mort, pour ne pas penser a elle; de sorte qu'on peut dire que ces froideurs, & ces mépris, font à leur esprit ce que le bandeau fait à leurs yeux.

XXV.

La Philosophie triomphe aisement des maux passez, & de ceux qui ne sont pas prests d'arriuer, mais les maux presens triomphent d'elle.

XXVI.

Peu de gens connoiſſent la mort, on ne la
ſouffre pas ordinairement par reſolution, mais
par ſtupidité, & par coûtume, & la plus part
des hommes meurent parce qu'on meurt.

XXVII.

Les grands hommes s'abatent & ſe demon-
tent à la fin par la longueur de leurs infortunes; cela fait bien voir qu'ils n'eſtoient pas
forts quand ils les ſuportoient, mais ſeulement qu'ils ſe donnoient la geſne pour le paroiſtre, & qu'ils ſoûtenoient leurs mal-heurs
par la force de leur ambition, & non pas par
celle de leur ame; enfin à vne grande vanité
prés, les Heros ſont faits comme les autres
hommes.

XXVIII.

Il faut de plus grandes vertus, & en plus
grand nombre pour ſoûtenir la bonne fortune
que la mauuaiſe.

XXIX.

Le Soleil ny la mort ne ſe peuuent regarder
fixement.

XXX.

Quoy que toutes les paſſions ſe deuſſent cacher, elles ne craignent pas neantmoins le jour,
la ſeule enuie eſt vne paſſion timide, & hon-
teuſe, qu'on n'oſe jamais auoüer.

XXXI.

La jalouſie eſt raiſonnable, & juſte en quelque maniere, puis qu'elle ne cherche qu'à con-
ſeruer vn bien qui nous apartient, ou que nous
croyons nous apartenir; au lieu que l'enuie eſt
vne fureur qui nous fait toûjours ſouhaitter la
ruine du bien des autres.

XXXII.

Le mal que nous faiſons, ne nous attire
point tant de perſecution, & de haine, que les
bonnes qualitez que nous auons.

XXXIII.

Tout le monde trouue à redire en autruy,
ce qu'on trouue à redire en luy.

XXXIV.

Si nous n'auions point de defauts, nous ne
ferions pas ſi aiſes d'en remarquer aux autres.

XXXV.

La jaloufie ne fubfifte que dans les doutes, l'incertitude eft fa matiere, c'eft vne paffion qui cherche tous les jours de nouueaux fujets d'inquietude, & de nouueaux tourmens, on ceffe d'eftre jaloux dés que l'on eft éclaircy de ce qui caufoit la jaloufie.

XXXVI.

L'orgueil fe dedommage toûjours, & il ne pert rien lors mefme qu'il renonce à la vanité.

XXXVII.

L'orgueil comme laffé de fes artifices, & de fes differentes Metamorphofes, apres auoir ioüé tout feul tous les perfonnages de la Comedie humaine, fe montre auec vn vifage naturel, & fe découure par la fierté; de forte qu'à proprement parler la fierté eft l'éclat, & la declaration de l'orgueil.

XXXVIII.

Si nous n'auions point d'orgueil, nous ne nous plaindrions pas de celuy des autres.

XXXIX.

L'orgueil eſt égal dans tous les hommes, & il n'y a de difference qu'aux moyens, & à la maniere de le mettre au iour.

XL.

La nature qui a ſi ſagement pourueu à la vie de l'homme par la diſpoſition admirable des organes du corps, luy a ſans doute donné l'orgueil pour luy épargner la douleur de connoiſtre ſes imperfeſtions, & ſes miſeres.

XLI.

L'orgueil a bien plus de part que la bonté, aux remonſtrances que nous faiſons à ceux qui commettent des fautes, & nous les reprenons bien moins pour les en corriger, que pour les perſuader que nous en ſommes exempts.

XLII.

Nous promettons ſeion nos eſperances, & nous tenons ſelon nos craintes.

XLIII.

L'intereſt parle toutes ſortes de langues, &

iouë toutes fortes de perfonnages, & mefme celuy de defintereffé.

XLIV.

L'intereft, à qui on reproche d'aueugler les vns, eft tout ce qui fait la lumiere des autres.

XLV.

Ceux qui s'appliquent trop aux petites chofes, deuiennent ordinairement incapables des grandes.

XLVI.

Nous n'auons pas affez de force, pour fuiure toute noftre raifon.

XLVII.

L'homme eft conduit, lors qu'il croit fe conduire, & pendant que par fon efprit il vife à vn endroit, fon cœur l'achemine infenfiblement à vn autre.

XLVIII.

Nous ne nous aperceuons que des emportemens, & des mouuemens extraordinaires de nos humeurs, & de noftre temperament, comme de la violence de la colere; mais perfonne quafi ne s'aperçoit que ces humeurs ont vn cours ordinaire & reglé, qui meut & tourne doucement & imperceptiblement noftre volonté à des actions diferentes; elles roulent enfemble s'il faut ainfi dire, & exercent fucceffiuement vn empire fecret en nous mefme; de forte qu'elles ont vne part confiderable en toutes nos actions, fans que nous le puiffions reconnoiftre.

XLIX.

La force & la foibleffe de l'efprit font mal nommees, elles ne font en effet que la bonne, ou la mauuaife difpofition des organes du corps.

L.

Le caprice de noftre humeur, eft encore plus bizarre que celuy de la fortune.

LI.

La complexion qui fait le talent pour les petites chofes, eft contraire à celle qu'il faut pour le talent des grandes.

LII.

L'attachement ou l'indiferance pour la vie, font des goufts de l'amour propre, dont on ne doit non plus difputer que de ceux de la langue, ou du choix des couleurs.

LIII.

C'eft vne efpece de bonheur, de connoiftre iufques a quel point on doit eftre malheureux.

LIV.

La felicité eft dans le gouft, & non pas dans les chofes, & c'eft, par auoir ce qu'on aime, qu'on eft heureux, & non par auoir ce que les autres trouuent aimable.

LV.

Quand on ne trouue pas fon repos en foy mefme, il eft inutile de le chercher ailleurs.

LVI.

On n'eft iamais fi heureux, ny fi mal-heureux que l'on penfe.

LVII.

Ceux qui fe fentent du merite, fe picquent toûiours d'eftre malheureux, pour perfuader aux autres, & à eux-mefmes, qu'ils font au deſſus de leurs malheurs, & qu'ils font dignes d'eftre en butte a la fortune.

LVIII.

Rien ne doit tant diminuer la fatisfaction que nous auons de nous-mefmes, que de voir que nous auons efté contens dans l'eftat, & dans les fentimens, que nous defaprouuons a cette heure.

LIX.

On n'eft iamais fi malheureux qu'on croit, ny fi heureux qu'on auoit efperé.

LX.

On fe confole fouuent d'eftre malheureux, par vn certain plaifir qu'on trouue a le pa-roiftre.

LXI.

Quelque diference qu'il y ait entre les fortunes, il y a pourtant vne certaine proportion de biens, & de maux, qui les rend égales.

LXII.

Quelques grands auantages que la nature donne, ce n'eſt pas elle; mais la fortune qui fait les Heros.

LXIII.

Le mépris des richeſſes, dans les Philoſophes, eſtoit vn deſir cache de venger leur merite de l'iniuſtice de la fortune, par le mépris des meſmes biens dont elle les priuoit: c'eſtoit vn fecret qu'ils auoient trouué pour ſe dédommager de l'auiliſſement de la pauureté; c'eſtoit enfin vn chemin detourné pour aller a la conſideration, qu'ils ne pouuoient auoir par les richeſſes.

LXIV.

La haine qu'on a pour les Fauoris, n'eſt autre choſe que l'amour de la faueur; le dépit de ne la pas poſſeder, ſe conſole & s'adoucit vn peu, par le mépris de ceux qui la poſſedent; c'eſt enfin vne fecrette enuie de la deſtruire, qui fait que nous leur oſtons nos propres hommages, ne pouuant pas leur oſter ce qui leur attire ceux de tout le monde.

LXV.

Pour s'établir dans le monde, on fait tout ce que l'on peut pour y paroiſtre étably.

LXVI.

Quoy que la grandeur des Miniſtres ſe ſlatte de celle de leurs actions, elles ſont bien ſouuent les effets du hazard, ou de quelque petit deſſein.

LXVII.

Il ſemble que nos actions ayent des eſtoilles heureuſes ou malheureuſes auſſi bien que nous, d'où dépand vne grande partie de la loüange & du blâme qu'on leur donne.

LXVIII.

Il n'y a point d'accidens ſi malheureux, dont les habiles gens ne tirent quelque auantage, ny de ſi heureux, que les imprudens ne puiſſent tourner à leur preiudice.

LXIX.

La fortune ne laiſſe rien perdre pour les hommes heureux.

LXX.

Il faudroit pouuoir reſpondre de ſa fortune, pour pouuoir reſpondre de ce que l'on fera.

LXXI.

La ſincerité eſt vne naturelle ouuerture de cœur, on la trouue en fort peu de gens, & celle qui ſe pratique d'ordinaire, n'eſt qu'vne fine diſſimulation pour arriuer a la confiance des autres.

LXXII.

L'auerſion du menſonge eſt vne imperceptible ambition de rendre nos témoignages conſiderables, & d'attirer à nos paroles vn reſpect de religion.

LXXIII.

La verité ne fait pas tant de bien dans le

monde, que les apparences de la verité font de mal.

LXXIV.

Comment peut-on répondre de ce qu'on voudra à l'auenir, puis que l'on ne fçait pas precifement ce que l'on veut dans le temps prefent.

LXXV.

On eleue la Prudence iufqu'au Ciel, & il n'eft forte d'eloge qu'on ne luy donne ; elle eft la reigle de nos actions & de noftre conduite, elle eft la maiftreffe de la fortune, elle fait le deftin des Empires, fans elle on a tous les maux, auec elle on a tous les biens, & comme difoit autrefois vn Poëte, quand nous auons la Prudence, il ne nous manque aucune Diuinité ; pour dire que nous trouuons dans la Prudence tout le fecours que nous demandons aux Dieux. Cependant la Prudence la plus confommée ne fçauroit nous affeurer du plus petit effet du monde ; parce que trauaillant fur vne matiere auffi changeante & auffi inconnuë qu'eft l'homme, elle ne peut executer feurement aucun de fes proiets : d'où il faut conclure, que toutes les loüanges dont nous flattons noftre Prudence, ne font que des effets de noftre

amour propre, qui s'applaudit en toutes chofes,
& en toutes rencontres.

LXXVI.

Vn habille homme doit fçauoir regler le
rang de fes interefts, & les conduire chacun
dans fon ordre; noftre auidité le trouble fouuent, en nous faifant courir à tant de chofes
à la fois, que pour defirer trop les moins importantes, nous ne les faifons pas affez feruir
à obtenir les plus confiderables.

LXXVII.

L'amour eft à l'ame de celuy qui aime, ce
que l'ame eft au corps qu'elle anime.

LXXVIII.

Il eft malaifé de definir l'amour, tout ce
qu'on peut dire eft que dans l'ame c'eft vne
paffion de regner, dans les efprits c'eft vne
fimpathie, & dans le corps ce n'eft qu'vne enuie
cachée & delicate de ioüir de ce que l'on
aime apres beaucoup de myfteres.

LXXIX.

Il n'y a point d'amour pur, & exempt du
meflange de nos autres paffions, que celuy qui

eſt caché au fonds du cœur, & que nous igno-
rons nous-meſmes.

LXXX.

Il n'y a point de déguiſement qui puiſſe
longtemps cacher l'amour où il eſt, ny le
feindre où il n'eſt pas.

LXXXI.

Comme on n'eſt iamais en liberté d'aimer,
ou de ceſſer d'aimer, l'amant ne peut ſe plaindre auec iuſtice de l'inconſtance de ſa Maiſtreſſe, ny elle de la legereté de ſon Amant.

LXXXII.

Si on iuge de l'amour par la pluſpart de ſes
effets, il reſſemble plus à la haine qu'a l'amitié.

LXXXIII.

On peut trouuer des femmes qui n'ont
iamais fait de galanterie, mais il eſt rare d'en
trouuer qui n'en ayent iamais fait qu'vne.

LXXXIV.

Il n'y a que d'vne forte d'amour, mais il
y en a mille differentes copies.

LXXXV.

L'amour auſſi bien que le feu, ne peut ſub-
ſiſter ſans vn mouuement continuel, & il ceſſe
de viure, dés qu'il ceſſe d'eſperer ou de
craindre.

LXXXVI.

Il eſt de l'amour comme de l'aparition des
eſprits, tout le monde en parle, mais peu de
gens en ont vû.

LXXXVII.

L'amour preſte ſon nom à vn nombre infini
de commerces qu'on luy attribuë, où il n'a non
plus de part que le Doge en a à ce qui ſe fait
a Veniſe.

LXXXVIII.

La iuſtice n'eſt qu'vne viue aprehenſion qu'on
ne nous oſte ce qui nous appartient; de là vient
cette conſideration, & ce reſpect pour tous les
intereſts du prochain, & cette ſcrupuleuſe application à ne luy faire aucun preiudice; cette
crainte retient l'homme dans les bornes des

biens que la naiſſance, ou la fortune luy ont
donnez, & ſans cette crainte, il feroit des
courſes continuelles ſur les autres.

LXXXIX.

La iuſtice dans les iuges qui ſont moderez,
n'eſt que l'amour de leur éleuation.

LXXXX.

On blâme l'iniuſtice, non pas par l'auerſion
que l'on a pour elle, mais, pour le preiudice
que l'on en reçoit.

LXXXXI.

L'amour de la iuſtice, n'eſt que la crainte de
ſouffrir l'iniuſtice.

LXXXXII.

Le ſilence eſt le party le plus ſeur, de celuy
qui ſe deffie de ſoy-meſme.

LXXXXIII.

Ce qui rend nos inclinations ſi legeres, & ſi
changeantes c'eſt qu'il eſt aiſé de connoiſtre

les qualitez de l'efprit, & difficile de connoiftre
celles de l'ame.

LXXXXIV.

L'amitie la plus defintereffee n'eft qu'vn trafic,
où noftre amour propre fe propofe toûiours
quelque chofe à gaigner.

LXXXXV.

La reconciliation auec nos ennemis qui fe
fait au nom de la fincerite, de la douceur, & de
la tendreffe, n'eft qu'vn defir de rendre fa con-
dition meilleure, vne laffitude de la guerre, &
vne crainte de quelque mauuais éuenement.

LXXXXVI.

Quand nous fommes las d'aimer, nous fommes
bien aifes que l'on deuienne infidelle, pour nous
dégager de noftre fidelite.

LXXXXVII.

Le premier mouuement de ioye que nous
auons du bonheur de nos Amis, ne vient ny de
la bonté de noftre naturel, ny de l'amitie que
nous auons pour eux, c'eft vn effet de l'amour

propre qui nous flatte de l'esperance d'estre heureux à nostre tour, ou de retirer quelque vtilité de leur bonne fortune.

LXXXXVIII.

Nous nous persuadons souuent mal à propos d'aimer les gens plus puissants que nous, l'interest seul produit nostre amitié, & nous ne nous donnons pas à eux pour le bien que nous leur voulons faire; mais pour celuy que nous en voulons receuoir.

LXXXXIX.

Dans l'aduersite de nos meilleurs amis, nous trouuons toûiours quelque chose qui ne nous déplaist pas.

C.

Comment pretendons nous qu'vn autre garde nostre secret, si nous n'auons pas pû le garder nous mesmes.

CI.

Comme si ce n'estoit pas assez à l'amour propre d'auoir la vertu de se transformer luy-mesme, il a encore celle de transformer les

obiets; ce qu'il fait d'vne maniere fort eſton-
nante; car non ſeulement il les déguiſe ſi bien,
qu'il y eſt luymeſme trompé, mais il change
auſſi l'eſtat, & la nature des choſes. En effet, lors
qu'vne perſonne nous eſt contraire, & qu'elle
tourne ſa haine, & ſa perſecution contre nous,
c'eſt auec toute la ſeuerité de la iuſtice que
l'amour propre iuge ſes actions, il donne à ſes
deffauts vne étenduë qui les rend énormes, &
il met ſes bonnes qualités dans vn iour ſi deſ-
aduantageux, qu'elles deuiennent plus dégouſ-
tantes que ſes deffauts, cependant dés que cette
meſme perſonne nous deuient fauorable, ou
que quelqu'vn de nos intereſts la reconcilie auec
nous, noſtre ſeule ſatisfaction rend auſſitoſt a
ſon merite, le luſtre que noſtre auerſion venoit
de luy oſter; les mauuaiſes qualitez s'effacent
& les bonnes paroiſſent auec plus d'auantage
qu'auparauant, nous rapellons meſme toute
noſtre indulgence pour la forcer à iuſtifier la
guerre qu'elle nous a faite. Quoy que toutes
les paſſions monſtrent cette verité, l'amour la
fait voir plus clairement que les autres; car
nous voyons vn amoureux agité de la rage où
l'a mis l'oubli ou l'infidelité de ce qu'il aime,
mediter pour ſa vengeance, tout ce que cette
paſſion inſpire de plus violent; neantmoins
auſſitoſt que ſa veuë a calmé la fureur de ſes
mouuemens, ſon rauiſſement rend cette beauté

innocente, il n'accufe plus que luy-mefme, il condamne fes condamnations, & par cette vertu miraculeufe de l'amour propre, il ofte la noirceur aux mauuaifes actions de fa maiftreffe, & en fepare le crime pour s'en charger luy-mefme.

CII.

L'aueuglement des hommes eft le plus dangereux effet de leur orgueil : il fert à le nourir & à l'augmenter, & nous ofte la connoiffance des remedes qui pourroient foulager nos miferes & nous guerir de nos defauts.

CIII.

On n'a plus de raifon, quand on n'efpere plus d'en trouuer aux autres.

CIV.

On a autant de fuiet de fe plaindre de ceux qui nous aprennent à nous connoiftre nous mefme, qu'en eut ce fou d'Athenes, de fe plaindre du Medecin qui l'auoit guery de l'opinion d'eftre riche.

CV.

Les Philofophes & Seneque fur tous, n'ont

point oſté les crimes par leurs preceptes, ils
n'ont fait que les employer au baſtiment de
l'orgueil.

CVI.

Les Vieillards aiment à donner de bons preceptes pour ſe conſoler de n'eſtre plus en eſtat
de donner de mauuais exemples.

CVII.

Le Iugement n'eſt autre choſe que la grandeur de la lumiere de l'eſprit, ſon eſtenduë
eſt la meſure de ſa lumiere, ſa profondeur eſt
celle qui penetre le fonds des choſes, ſon diſ-
cernement les compare & les diſtingue, ſa
iuſteſſe ne voit que ce qu'il faut voir, ſa droi-
ture les prend toûiours par le bon biais, ſa de-
licateſſe aperçoit celles qui paroiſſent impercep-
tibles, & le iugement decide ce que les choſes
ſont; ſi on l'examine bien on trouuera que
toutes ces qualitez ne ſont autre choſe que la
grandeur de l'eſprit, lequel voyant tout, rencontre dans la plenitude de ſes lumieres, tous
les auantages dont nous venons de parler.

CVIII.

Chacun dit du bien de ſon cœur, & perſonne
n'en oſe dire de ſon eſprit.

CIX.

La politeffe de l'efprit, eft vn tour par lequel il penfe toûjours des chofes honneftes & delicates.

CX.

La galanterie de l'efprit eft vn tour de l'efprit, par lequel il entre dans les chofes les plus flatteufes, c'eft à dire celles qui font le plus capables de plaire aux autres.

CXI.

Il y a des iolies chofes que l'efprit ne cherche point, & qu'il trouue toutes acheuées en luymefme, il femble qu'elles y foient cachées comme l'or & les diamans dans le fein de la terre.

CXII.

L'efprit eft toûjours la dupe du cœur.

CXIII.

Bien des gens connoiffent leur efprit qui ne connoiffent pas leur cœur.

CXIV.

Toutes les grandes chofes ont leur point de perfpectiue, comme les ftatuës; il y en a qu'il faut voir de prés pour en bien iuger, & il y en a d'autres dont on ne iuge iamais fi bien que quand on en eft éloigné.

CXV.

Celuy la n'eft pas raifonnable à qui le hazard fait trouuer la raifon; mais celuy qui la connoift, qui la difcerne, & qui la goufte.

CXVI.

Pour bien fçauoir les chofes; il en faut fçauoir le détail, & comme il eft prefque infiny, nos connoiffances font toûjours fuperficielles & imparfaites.

CXVII.

Il n'y a point de plaifir qu'on faffe plus volontiers à vn amy que celuy de luy donner confeil.

CXVIII.

Rien n'eft plus diuertiffant que de voir deux

hommes affemblez, l'vn pour demander confeil, & l'autre pour le donner, l'vn paroift auec
vne deference refpectueufe, & dit qu'il vient
receuoir des inftructions pour fa conduite, &
fon deffein le plus fouuent eft de faire aprouuer
fes fentimens, & de rendre celuy qu'il vient
confulter, garant de l'affaire qu'il luy propofe.
Celuy qui confeille, paye d'abord la confiance
de fon amy des marques d'vn zele ardent, &
defintereffé, & il cherche en mefme temps dans
fes propres interefts, des regles de confeiller;
de forte que fon confeil luy eft bien plus propre,
qu'à celuy qui le reçoit.

CXIX.

On eft au defefpoir d'eftre trompé par fes
ennemis, & trahy par fes amis, & on eft fouuent
fatisfait de l'eftre par foy-mefme.

CXX.

Il eft auffi aifé de fe tromper fans s'en ap-
perceuoir, qu'il eft difficile de tromper les autres
fans qu'ils s'en aperçoiuent.

CXXI.

La plus deliée de toutes les fineffes eft de

fçauoir bien faire femblant de tomber dans les
pieges que l'on nous tend; on n'eſt iamais ſi
aifément trompé que quand on fonge à tromper
les autres.

CXXII.

L'intention de ne iamais tromper nous expofe
à eſtre fouuent trompez.

CXXIII.

La coûtume que nous auons de nous deguifer
aux autres, pour acquerir leur eſtime, fait
qu'enfin nous nous déguifons à nous-mefmes.

CXXIV.

L'on fait plus fouuent des trahifons par foibleſſe, que par vn deſſein formé de trahir.

CXXV.

On fait fouuent du bien, pour pouuoir faire
du mal impunement.

CXXVI.

Les plus habiles affectent toute leur vie

d'éuiter les fineffes, pour s'en feruir en quelque grande occafion, & pour quelque grand intereft.

CXXVII.

L'vfage ordinaire de la fineffe eft l'effet d'vn petit efprit, & il arriue quafi toûiours que celuy qui s'en fert pour fe couurir en vn endroit, fe decouure en vn autre.

CXXVIII.

Si on eftoit toûiours affez habile, on ne feroit iamais de fineffes, ny de trahifons.

CXXIX.

On eft fort fujet à eftre trompé, quand on croit eftre plus fin que les autres.

CXXX.

La fubtilité eft vne fauffe delicateffe, & la delicateffe eft vne folide fubtilité.

CXXXI.

C'eft quelquefois affez d'eftre groffier pour n'eftre pas trompé par vn habile homme.

CXXXII.

Les plus ſages le ſont dans les choſes indiffe-
rentes, mais ils ne le ſont preſque iamais dans
leurs plus ſerieuſes affaires.

CXXXIII.

Il eſt plus aiſé d'eſtre ſage pour les autres
que de l'eſtre aſſez pour ſoy-meſme.

CXXXIV.

La plus ſubtile folie ſe fait de la plus ſubtile
ſageſſe.

CXXXV.

La ſobrieté eſt l'amour de la ſanté, ou l'impuiſſance de manger beaucoup.

CXXXVI.

On n'eſt iamais ſi ridicule par les qualitez que
l'on a, que par celles que l'on affecte d'auoir.

CXXXVII.

Chaque homme ſe trouue quelquefois auſſi

different de luymefme, qu'il l'eft des autres.

CXXXVIII.

Chaque talent dans les hommes, de mefme que chaque arbre, a fes proprietez & fes effets, qui luy font tous particuliers.

CXXXIX.

Quand la vanité ne fait point parler on n'a pas enuie de dire grand-chofe.

CXL.

On ayme mieux dire du mal de foy, que de n'en point parler.

CXLI.

Vne des chofes qui fait que l'on trouue fi peu de gens qui paroiffent raifonnables, & agreables dans la conuerfation; c'eft qu'il n'y a quafi perfonne qui ne penfe plûtoft à ce qu'il veut dire, qu'à refpondre precifement à ce qu'on luy dit; & que les plus habiles, & les plus complaifans fe contentent de montrer feulement vne mine attentiue, au mefme temps que l'on voit dans leurs yeux, & dans leur efprit, vn

égarement pour ce qu'on leur dit, & vne pré-
cipitation pour retoùrner à ce qu'ils veulent
dire; au lieu de confiderer que c'eſt vn mauuais moyen de plaire aux autres, ou de les perfuader, que de chercher ſi fort à ſe plaire à
ſoymeſme; & que bien écouter, & bien répondre, eſt vne des plus grandes perfections
qu'on puiſſe auoir dans la conuerſation.

CXLII.

Vn homme d'eſprit feroit ſouuent bien em-
baraſſé ſans la compagnie des fots.

CXLIII.

On ſe vante ſouuent mal à propos de ne ſe
point ennuyer; & l'homme eſt ſi glorieux, qu'il
ne veut pas ſe trouuer de mauuaiſe compagnie.

CXLIV.

On n'oublie iamais mieux les choſes que
quand on s'eſt laſſé d'en parler.

CXLV.

Comme c'eſt le caractere des grands eſprits de faire entendre auec peu de paroles beaucoup de chofes : les petits efprits en reuanche ont le don de beaucoup parler & de ne dire rien.

CXLVI.

C'eft plûtoft par l'eftime de nos fentimens, que nous exagerons les bonnes qualitez des autres, que par leur merite, & nous nous loüions en effet, lors qu'il femble que nous leur donnons des loüanges.

CXLVII.

La modeftie qui femble refufer les loüanges, n'eft en effet qu'vn defir d'en auoir de plus delicates.

CXLVIII.

On n'aime point à loüer, & on ne loüe iamais perfonne fans intereft ; la loüange eft vne flatterie habile, cachée, & delicatte, qui fatisfait differemment celuy qui la donne, & celuy qui la reçoit ; l'vn la prend comme vne recompenfe de fon merite, l'autre la donne pour faire remarquer fon équité & fon difcernement.

CXLIX.

Noùs choififfons fouuent des loüanges em-
poifonnées, qui font voir par contrecoup en
ceux que nous loüons des defauts, que nous
n'ofons decouurir autrement.

C L.

On ne loüe que pour eftre loüé.

C L I.

On ne blâme le vice, & on ne loüe la vertu
que par intereft.

C L I I.

Peu de gens font affez fages, pour aimer
mieux le blâme qui leur fert, que la loüange
qui les trahit.

C L I I I.

Il y a des reproches qui loüent, & des
loüanges qui médifent.

C L I V.

Le refus des loüanges eſt vn deſir d'eſtre loüé deux fois.

C L V.

La loüange qu'on nous donne ſert au moins à nous fixer dans la pratique des vertus.

C L V I.

L'aprobation que l'on donne à l'eſprit, à la beauté, & à la valeur, les augmente, les perfectionne, & leur fait faire de plus grands effets, qu'ils n'auroient eſté capables de faire d'eux-meſmes.

C L V I I.

L'amour propre empeſche bien que celuy qui nous flatte ne ſoit iamais celuy qui nous flatte le plus.

C L V I I I.

Si nous ne nous flattions point nous-meſmes, la flatterie des autres ne nous feroit iamais de mal

CLIX.

On ne fait point de diftinction dans les efpeces de colcres, bien qu'il y en ait vne legere
& quafi innocente, qui vient de l'ardeur de la
complexion; & vne autre tres-criminelle, qui
eft à proprement parler la fureur de l'orgueil.

CLX.

La nature fait le merite, & la fortune le
met en œuure.

CLXI.

Les grandes ames ne font pas celles qui
ont moins de paffions, & plus de vertu que les
ames communes; mais celles feulement qui
ont de plus grands deffeins.

CLXII.

Comme il y a de bonnes viandes qui affa-
diffent le cœur; il y a vn merite fade, & des
perfonnes qui dégoûtent auec des qualitez bonnes
& eftimables.

CLXIII.

Il y a des gens dont le merite confifte à dire, & à faire des fotifes vtilement, & qui gàteroient tout s'ils changeoient de conduite.

CLXIV.

L'art de fçauoir bien mettre en œuure de mediocres qualitez, donne fouuent plus de reputation que le veritable merite.

CLXV.

Les Roys font des hommes comme des pieces de monnoye; ils les font valoir ce qu'ils veulent, & l'on eft forcé de les receuoir felon leur cours, & non pas felon leur veritable prix.

CLXVI.

Ce n'eft pas affez d'auoir de grandes qualitez, il en faut auoir l'œconomie.

CLXVII.

On fe méconte toûjours dans le iugement

que l'on fait de nos actions, quand elles font
plus grandes que nos deffeins.

CLXVIII.

Il faut vne certaine proportion entre les actions & les deffeins, fi on en veut tirer tous les
effets qu'elles peuuent produire.

CLXIX.

La gloire des grands hommes fe doit mefu-
rer aux moyens qu'ils ont eus pour l'acquerir.

CLXX.

Il y a vne infinité de conduites qui ont vn
ridicule aparant, & qui font dans leurs raifons
cachées tresfages & tresfolides.

CLXXI.

Il eft plus aifé de paroiftre digne des emplois
qu'on n'a pas, que de ceux qu'on exerce.

CLXXII.

Noftre merite nous attire l'eftime des honneftes gens, & noftre eftoille celle du public.

CLXXIII.

Le monde recompenfe plus fouuent les apparences du merite que le merite mefme.

CLXXIV.

La ferocité naturelle fait moins de cruels que l'amour propre.

CLXXV.

L'efperance toute trompeufe qu'elle eft, fert au moins à nous mener à la fin de la vie, par vn chemin agreable.

CLXXVI.

On peut dire de toutes nos vertus, ce qu'vn Poëte Italien a dit de l'honnefteté des femmes; que ce n'eft fouuent autre chofe qu'vn art de paroiftre honnefte.

CLXXVII.

Pendant que la pareffe & la timidite ont feules le merite de nous tenir dans noftre deuoir, noftre vertu en a tout l'honneur.

CLXXVIII.

Il n'y a perfonne qui fçache fi vn procedé
net, fincere, & honnefte, eft plûtoft vn effet de
probité, que d'habileté.

CLXXIX.

Ce que le monde nomme vertu, n'eft d'ordinaire qu'vn fantofme formé par nos paffions,
à qui on donne vn nom honnefte pour faire
impunement ce qu'on veut.

CLXXX.

Toutes les vertus fe perdent dans l'intereft,
comme les fleuues fe perdent dans la Mer.

CLXXXI.

Nous fommes preocupez de telle forte en
noftre faueur, qué ce que nous prenons fouuent pour des vertus, n'eft en effet qu'vn nombre de vices qui leur reffemblent, & que l'orgueil & l'amour propre nous ont déguifez.

CLXXXII.

La curiofité n'eft pas comme l'on croit vn

simple amour de la nouueauté, il y en a vne d'interest qui fait que nous voulons sçauoir les choses pour nous en preualoir, il y en a vne autre d'orgueil, qui nous donne enuie d'estre au dessus de ceux qui ignorent les choses, & de n'estre pas au dessous de ceux qui les sçauent.

CLXXXIII.

Il vaut mieux employer son esprit à supporter les infortunes qui arriuent, qu'à penetrer celles qui peuuent arriuer.

CLXXXIV.

La constance en amour est vne inconstance perpetuelle, qui fait que nostre cœur s'attache successiuement à toutes les qualitez de la personne que nous aimons, donnant tantost la preference à l'vne, tantost à l'autre; de sorte que cette constance n'est qu'vne inconstance arestée & renfermée dans vn mesme sujet.

CLXXXV.

Il y a deux sortes de constance en amour : l'vne vient de ce que l'on trouue sans cesse dans la personne que l'on aime (comme dans vne fource inepuifable) de nouueaux fujets d'aimer : & l'autre vient de ce qu'on fe fait vn honneur de tenir fa parolle.

CLXXXVI.

La perfeuerance n'eft digne ny de blàme ny de loüange, parce qu'elle n'eft que la durée des goufts & des fentimens qu'on ne s'ofte, & qu'on ne fe donne point.

CLXXXVII.

Ce qui nous fait aimer les connoiffances nouuelles, n'eft pas tant la laffitude que nous auons des vieilles, ou le plaifir de changer, que le dégouft que nous auons de n'eftre pas affez admirez de ceux qui nous connoiffent trop, & l'efperance que nous auons de l'eftre dauantage de ceux qui ne nous connoiffent gueres.

CLXXXVIII.

Nous nous plaignons quelquefois legerement de nos amis pour iuftifier par auance noftre legerete.

CLXXXIX.

Noftre repentir n'eft pas vne douleur du

mal que nous auons fait, c'eſt vne crainte de
celuy qui nous en peut arriuer.

CLXXXX.

Il y a vne inconſtance qui vient de la legereté de l'eſprit, qui change à tout moment
d'opinion, ou de ſa foibleſſe qui luy fait receuoir toutes les opinions d'autruy; il y en a
vne autre qui eſt plus excuſable, qui vient de
la fin du gouſt des choſes.

CLXXXXI.

Les vices entrent dans la compoſition des
vertus, comme les poiſons entrent dans la
compoſition des remedes de la medecine; la
prudence les aſſemble & les tempere, & elle
s'en ſert vtilement contre les maux de la
vie.

CLXXXXII.

Il y a des crimes qui deuiennent innocens,
& meſme glorieux par leur éclat, leur nombre,
& leur excez; de là vient que les voleries pu-
bliques ſont des habiletez, & que prendre des
Prouinces injuſtement, s'appelle faire des con-
queſtes.

CLXXXXIII.

Nous auoüons nos deffauts, affin qu'en donnant bonne opinion de la iuftice de noftre efprit, nous reparions le tort qu'ils nous ont fait
dans l'efprit des autres.

CLXXXXIV.

Il y a des Heros en mal, comme en bien.

CLXXXXV.

On peut haïr, & méprifer les vices, fans
haïr, ny méprifer les vicieux, mais on a toufiours du mefpris pour ceux qui manquent de
vertu.

CLXXXXVI.

Le nom de la vertu fert à l'intereft auffi
vtilement que les vices.

CLXXXXVII.

La fanté de l'ame n'eft pas plus affeurée que
celle du corps; & quoy que l'on paroiffe éloigné des paffions, on n'y eft pas moins expofé
qu'à tomber malade quand on fe porte bien.

CLXXXXVIII.

Il n'appartient qu'aux grands hommes, d'auoir de grands deffauts.

CLXXXXIX.

La nature a prefcrit à chaque homme dés fa naiffance, des bornes pour les vertus & pour les vices.

CC.

Nous n'auoüons iamais nos deffauts que par vanité.

CCI.

On ne trouue point dans l'homme le bien ny le mal dans l'excés.

CCII.

On pouroit dire que les vices nous attendent dans le cours de la vie, comme des hoftes chez lefquels il faut fucceffiuement loger, & ie doute que l'experience nous les fift éuiter, s'il nous eftoit permis de faire deux fois le mefme chemin.

CCIII.

Quand les vices nous quittent, nous voulons nous flater que c'eſt nous qui les quittons.

CCIV.

Il y a des recheutes dans les maladies de l'ame comme dans celles du corps, ce que nous prenons pour noſtre guerifon n'eſt le plus fouuent qu'vn relâche ou vn changement de mal.

CCV.

Les deffauts de l'ame font comme les bleſ-fures du corps, quelque foin qu'on prenne de les guerir la cicatrice paroiſt toûjours, & elles font à tout moment en danger de fe r'ouurir.

CCVI.

Ce qui nous empefche fouuent de nous abandonner à vn feul vice, eſt que nous en auons plufieurs.

CCVII.

Quand il n'y a que nous qui fçauons nos crimes, ils font bientoſt oubliez.

CCVIII.

Ceux qui font incapables de commettre de grands crimes, n'en foupçonnent pas facilement les autres.

CCIX.

Il y a des gens, de qui l'on peut ne iamais croire de mal fans l'auoir vû; mais il n'y en a point en qui il nous doiue furprendre en le voyant.

CCX.

Le defir de paroiftre habile empefche fouuent de le deuenir.

CCXI.

La vertu n'iroit pas loing, fi la vanité ne luy tenoit compagnie.

CCXII.

Celuy qui croit pouuoir trouuer en foy-mefme dequoy fe paffer de tout le monde, fe trompe fort; mais celuy qui croit qu'on ne peut fe paffer de luy, fe trompe encore dauantage.

CCXIII.

La pompe des enterremens regarde plus la vanité des viuans que l'honneur des morts.

CCXIV.

Les faux honneftes gens font ceux qui deguifent la coruption de leur cœur aux autres & à eux mefmes; les vrais honneftes gens font ceux qui la connoiffent parfaitement, & la con feffent aux autres.

CCXV.

Le vray honnefte homme, eft celuy qui ne fe pique de rien.

CCXVI.

La feuerité des femmes eft vn ajuftement & vn fard qu'elles ajoûtent a leur beauté, c'eft vn atraict fier & delicat, & vne douceur deguifée.

CCXVII.

L'honnefteté des femmes eft l'amour de leur reputation & de leur repos.

CCXVIII.

C'eſt eſtre veritablement honneſte homme, que de vouloir eſtre toûjours expoſé a la veuë des honneſtes gens.

CCXIX.

La folie nous ſuit dans tous les temps de la vie; ſi quelqu'vn paroiſt ſage, c'eſt ſeulement parce que ſes folies ſont proportionnées à ſon àge & a ſa fortune.

CCXX.

Il y a des gens niais qui ſe connoiſſent, & qui employent habilement leur niaiſerie.

CCXXI.

Qui vit ſans folie, n'eſt pas ſi ſage qu'il croit.

CCXXII.

En vieilliſſant on deuient plus fou, & plus ſage.

CCXXIII.

Il y a des gens qui reſſemblent aux vaudeuilles, que tout le monde chante vn certain temps, quelques fades & dégoutans qu'ils foient.

CCXXIV.

La plufpart des gens ne voyent dans les hommes que la vogue qu'ils ont, ou bien le merite de leur fortune.

CCXXV.

Quelque incertitude & quelque varieté qui paroiffe dans le monde, on y remarque neantmoins vn certain enchaifnement fecret, & vn ordre reglé de tout temps par la Prouidence, qui fait que chaque chofe marche en fon rang, & fuit le cours de fa deftinée.

CCXXVI.

L'amour de la gloire, & plus encore la crainte de la honte, le deffein de faire fortune, le defir de rendre noftre vie commode, & agreable, & l'enuie d'abaiffer les autres, font naiftre cette valeur qui eft fi celebre parmy les hommes.

CCXXVII.

La valeur dans les fimples foldats eft vn

meſtier perilleux, qu'ils ont pris pour gaigner leur vie.

CCXXVIII.

La parfaite valeur & la poltronnerie com‑plete, ſont deux extremitez où on arriue rare‑ment : l'eſpace qui eſt entre deux eſt vaſte, & contient toutes les autres eſpeces de courage ; il n'y a pas moins de difference entr'elles qu'il y en a entre les viſages & les humeurs, cepen‑dant elles conuiennent en beaucoup de choſes ; Il y a des hommes qui s'expoſent volontiers au commencement d'vne action, & qui ſe re‑laſchent & ſe rebutent aiſement par ſa durée ; il y en a qui ſont aſſez contens, quand ils ont ſatisfait à l'honneur du monde, & qui font fort peu de choſes au delà ; on en voit qui ne ſont pas touſiours également maiſtres de leur peur, d'autres ſe laiſſent quelquefois entraiſner à des eſpouuantes generales, d'autres vont à la charge pour n'oſer demeurer dans leurs poſtes ; enfin, il s'en trouue à qui l'habitude des moindres perils affermit le courage, & les prepare à s'ex‑poſer à de plus grands ; il y en a encore qui ſont braues à coups d'eſpée, qui ne peuuent ſouffrir les coups de mouſquet, & d'autres y ſont aſſeurez qui craignent de ſe battre à coups d'eſpée. Outre cela, il y a vn raport general

que l'on remarque entre tous les courages de
differentes efpeces, dont nous venons de parler,
qui eft, que la nuit augmentant la crainte, &
cachant les bonnes & les mauuaifes actions,
leur donne la liberté de fe ménager. Il y a
encore vn autre mênagement plus general, qui
à parler abfolument, s'eftend fur toute forte
d'hommes. C'eft qu'il n'y en a point qui faffent
tout ce qu'ils feroient capables de faire dans
vne action, s'ils auoient vne certitude d'en re-
uenir; de forte qu'il eft vifible que la crainte
de la mort ofte quelque chofe à leur valeur, &
diminuë fon effet.

CCXXIX.

La pure valeur, (s'il y en auoit) feroit de faire
fans témoins, ce qu'on eft capable de faire deuant
le monde.

CCXXX.

L'intrepidite eft vne force extraordinaire de
l'ame, par laquelle elle empefche les troubles,
les defordres, & les êmotions, que la veuë des
grands perils a accoûtumé d'êleuer en elle; par
cette force, les Heros fe maintiennent en vn
eftat paifible, & conferuent l'vfage libre de
toutes leurs fonctions dans les accidens les plus
terribles, & les plus furprenans.

CCXXXI.

L'intrepidité doit foûtenir le cœur dans les conjurations, au lieu que la feule valeur luy fournit toute la fermeté qui luy eft neceffaire dans les perils de la guerre.

CCXXXII.

Ceux qui voudroient definir la victoire par fa naiffance, feroient tentez comme les Poëtes de l'appeller la fille du Ciel, puis qu'on ne trouue point fon origine fur la terre; En effet elle eft produite par vne infinité d'actions, qui au lieu de l'auoir pour but, regardent feulement les interefts particuliers de ceux qui les font; puis que tous ceux qui compofent vne armée allant a leur propre gloire & à leur eleuation, procurent vn bien fi grand & fi general.

CCXXXIII.

La plufpart des hommes s'expofent affez dans la guerre pour fauuer leur honneur; mais peu fe veulent toûjours expofer autant qu'il eft neceffaire pour faire reüffir le deffein pour lequel ils s'expofent.

CCXXXIV.

La vanité, la honte, & fur tout le temperament, font la valeur des hommes.

CCXXXV.

On ne veut point perdre la vie, & on veut
acquerir de la gloire; de la vient que les braues
ont plus d'adreffe & d'efprit, pour êuiter la
mort, que les gens de chicane pour conferuer
leur bien.

CCXXXVI.

On ne peut répondre de fon courage, quand
on n'a iamais efté dans le peril.

CCXXXVII.

Il eft de la reconnoiffance comme de la
bonne foy des marchands, elle foûtient le
commerce, & nous ne payons pas pour la iuftice
qu'il y a de nous aquitter, mais pour trouuer
plus facilement des gens qui nous preftent.

CCXXXVIII.

Tous ceux qui s'acquitent des deuoirs de la

reconnoiſſance ne peuuent pas pour cela ſe
flatter d'eſtre reconnoiſſans.

CCXXXIX.

Ce qui fait tout le mêcompte dans la reconnoiſſance qu'on attend des graces qu'on a faites;
c'eſt que l'orgueil de celuy qui donne, & l'orgueil de celuy qui reçoit, ne peuuent conuenir
du prix du bien fait.

CCXL.

Le trop grand empreſſement qu'on a de s'ac-
quiter d'vne obligation, eſt vne eſpece d'ingra-
titude.

CCXLI.

On donne plus ſouuent des bornes à ſa reconnoiſſance, qu'a ſes deſirs, & à ſes eſperances.

CCXLII.

L'orgueil ne veut pas deuoir, & l'amour
propre ne veut pas payer.

CCXLIII.

Le bien qu'on nous a fait, veut que nous reſ-
pections le mal que l'on nous fait apres.

CCXLIV.

Rien n'eſt ſi contagieux que l'exemple, &
nous ne faiſons iamais de grands biens, ny de
grands maux, qui ne produiſent infailliblement
leurs pareils; nous imitons les bonnes actions
par l'émulation, & les mauuaiſes par la mali-
gnité de noſtre nature; qui eſtant retenuë en
priſon par la honte, eſt miſe en liberté par
l'exemple.

CCXLV.

L'imitation eſt toûjours malheureuſe, & tout
ce qui eſt contrefait, dêplaiſt auec les meſmes
choſes qui charment lors qu'elles ſont natu-
relles.

CCXLVI.

Quelque pretexte que nous donnions à nos
afflictions, ce n'eſt que l'intereſt & la vanité qui
les cauſent.

CCXLVII.

Il y a vne eſpece d'hypocriſie dans les afflictions, car ſous pretexte de pleurer la perte

d'vne perſonne qui nous eſt chere, nous nous
pleurons nous meſmes; nous pleurons la dimi-
nution de noſtre bien, de noſtre plaiſir, de
noſtre conſideration, en la perſonne que nous
pleurons; de cette maniere les morts ont
l'honneur des larmes, qui ne coulent que pour
ceux qui les verſent : J'ay dit que c'eſtoit vne
eſpece d'hypocriſie, parce que par elle l'homme
ſe trompe ſeulement ſoy meſme; il y en a vne
autre qui n'eſt pas ſi innocente, & qui impoſe
à tout le monde, c'eſt l'affliction de certaines
perſonnes qui aſpirent à la gloire d'vne belle
& immortelle douleur; car le temps qui con-
ſume tout, l'ayant conſumée, elles ne laiſſent
pas d'opiniaſtrer leurs pleurs, leurs plaintes, &
leurs ſoûpirs; elles prennent vn perſonnage
lugubre, & trauaillent à perſuader par toutes
leurs actions, qu'elles êgaleront la durée de tous
leurs déplaiſirs à leur propre vie; cette triſte &
fatiguante vanité, ſe trouue d'ordinaire dans
les femmes ambitieuſes, parce que leur ſexe
leur fermant tous les chemins qui menent a la
gloire, elles ſe iettent dans celuy-cy, & s'effor-
cent à ſe rendre celebres par la montre d'vne
inconſolable douleur. Il y a encore vne autre
eſpece de larmes qui n'ont que de petites
ſources, qui coulent facilement, & qui s'ecou-
lent auſſitoſt; on pleure pour auoir la reputation d'eſtre tendre : on pleure pour eſtre pleint,

ou pour eftre pleuré, & on pleure quelquefois
de honte de ne pleurer pas.

CCXLVIII.

Nous ne regrettons pas la perte de nos amis
felon leur merite, mais felon nos befoins &
felon l'opinion que nous croyons leur auoir
donnée de ce que nous valons.

CCXLIX.

Nous ne fommes pas dificiles à confoler des
difgraces de nos amis, lors qu'elles feruent à
fignaler la tendreffe que nous auons pour eux.

CCL.

Qui confiderera fuperficiellement tous les
effets de la bonté qui nous fait fortir hors de
nous mefmes, & qui nous immole continuelle-
ment à l'auantage de tout le monde : fera tenté
de croire que lors qu'elle agit, l'amour propre
s'oublie & s'abandonne luy mefme ; ou fe laiffe
dépoüiller & apauurir fans s'en aperceuoir. De
forte qu'il femble que l'amour propre foit la
dupe de la bonté : cependant c'eft le plus vtile
de tous les moyens dont l'amour propre fe
fert pour arriuer à fes fins ; c'eft vn chemin
dérobé par où il reuient a luy mefme plus

riche & plus abondant, c'eſt vn deſintereſſe-
ment qu'il met à vne furieuſe vſure, c'eſt
enfin vn reſſort delicat, auec lequel il reiinit,
il diſpoſe & tourne tous les hommes en ſa
faueur.

CCLI.

Nul ne merite d'eſtre loüé de bonté s'il
n'a la force, & la hardieſſe d'eſtre mêchant,
toute autre bonté n'eſt le plus ſouuent qu'vne
pareſſe, ou vne impuiſſance de la mauuaiſe
volonté.

CCLII.

Il eſt bien mal-aiſé de diſtinguer la bonté
generalle & rêpandüe ſur tout le monde, de la
grande habileté.

CCLIII.

Il n'eſt pas ſi dangereux de faire du mal à
la pluſpart des hommes, que de leur faire trop
de bien.

CCLIV.

Pour pouuoir eſtre toûjours bon, il faut que
les autres croyent qu'ils ne peuuent iamais nous
eſtre impunement mêchans.

CCLV.

Rien ne nous plaiſt tant que la confiance des Grands, & des perſonnes conſiderables par leurs emplois, par leur eſprit, ou par leur merite; elle nous fait ſentir vn plaiſir exquis, & éleue merueilleuſement noſtre orgueil : parce que nous la regardons comme vn effet de noſtre fidelité; cependant nous ſerions remplis de confuſion, ſi nous conſiderions l'imperfection & la baſſeſſe de ſa naiſſance, car elle vient de la vanité, de l'enuie de parler, & de l'impuiſſance de retenir le ſecret; de ſorte qu'on peut dire que la confiance eſt comme vn relàchement de l'ame cauſé par le nombre & par le poids des choſes dont elle eſt pleine.

CCLVI.

La confiance de plaire, eſt ſouuent vn moyen de déplaire infailliblement.

CCLVII.

Nous ne croyons pas aiſément ce qui eſt au delà de ce que nous voyons.

CCLVIII.

La confiance que l'on a en ſoy, fait naiſtre

la plus grande partie de celle que l'on a aux autres.

CCLIX.

La fobrieté eft l'amour de la fanté, ou l'impuiffance de manger beaucoup.

CCLX.

La verité eft le fondement & la raifon de la perfection, & de la beauté; vne chofe, de quelque nature qu'elle foit, ne fçauroit eftre belle, & parfaite, fi elle n'eft veritablement tout ce qu'elle doit eftre, & fi elle n'a tout ce qu'elle doit auoir.

CCLXI.

On peut dire de l'agréement feparé de la beauté, que c'eft vne fimetrie dont on ne fçait point les regles, & vn rapport fecret des traits enfemble, & des traits auec les couleurs & auec l'air de la perfonne.

CCLXII.

Il y a de belles chofes qui ont plus d'efclat quand elles demeurent imparfaites, que quand elles font trop acheuées.

CCLXIII.

La cocquetterie eſt le fonds de l'humeur de toutes les femmes; mais toutes ne coquettent pas, parce que la coquetterie de quelques vnes eſt retenuë par leur temperament, & par leur raiſon.

CCLXIV.

On incommode toûjours les autres quand on croit ne les pouuoir iamais incommoder.

CCLXV.

Il y a peu de choſes impoſſibles d'elles meſmes, & l'aplication pour les faire reüſſir nous manque bien plus que les moyens.

CCLXVI.

La ſouueraine habileté conſiſte à bien con-noiſtre le prix de chaque choſe.

CCLXVII.

Le plus grand art d'vn habile homme eſt celuy de ſçauoir cacher ſon habileté.

CCLXVIII.

La generofité eſt vn induſtrieux employ du defintereſſement, pour aller pluſtoſt à vn plus grand intereſt.

CCLXIX.

La fidelité eſt vne inuention rare de l'amour propre, par laquelle l'homme s'erigeant en depoſitaire des choſes pretieuſes, ſe rend luy meſme infiniment pretieux; de tous les trafics de l'amour propre, c'eſt celuy où il fait le moins d'auances, & de plus grands profits; c'eſt vn rafinement de ſa politique, auec lequel il engage les hommes par leurs biens, par leur honneur, par leur liberté, & par leur vie, qu'ils ſont forcez de confier en quelques occaſions a eleuer l'homme fidelle au deſſus de tout le monde.

CCLXX.

La magnanimité mépriſe tout pour auoir tout.

CCLXXI.

La magnanimité eſt vn noble effort de l'orgueil, par lequel il rend l'homme maiftre de luy mefme, pour le rendre maiftre de toutes chofes.

CCLXXII.

Il y a peu de chofes impoffibles d'elles-mefmes, & l'on trouue plus de voyes que l'on ne penfe pour y arriuer. Et fi nous auions affez d'aplication & de volonté, nous aurions toufiours affez de moyens.

CCLXXIII.

La veritable éloquence confifte à dire tout ce qu'il faut, & à ne dire que ce qu'il faut.

CCLXXIV.

Il y a vne éloquence dans les yeux & dans l'air de la perfonne, qui ne perfuade pas moins que celle de la parole.

CCLXXV.

Il eft auffi ordinaire de voir changer les goufts, qu'il eft rare de voir changer les incli-nations.

CCLXXVI.

L'intereſt donne toutes ſortes de vertus &
de vices.

CCLXXVII.

L'humilité n'eſt ſouuent qu'vne feinte ſou-
miſſion que nous employons pour ſoumettre
effectiuement tout le monde ; c'eſt vn mouuement de l'orgueil, par lequel il s'abaiſſe deuant
les hommes pour s'eleuer ſur eux, c'eſt vn déguiſement, & ſon premier ſtratageme ; mais
quoy que ſes changemens ſoient preſque infi-
nis, & qu'il ſoit admirable ſous toutes ſortes
de figures, il faut auoüer neantmoins, qu'il
n'eſt iamais ſi rare ny ſi extraordinaire que
lors qu'il ſe cache ſous la forme, & ſous l'habit
de l'humilité, car alors on le voit les yeux
baiſſez, dans vne contenance modeſte & repo-
ſée, toutes ſes paroles ſont douces & reſpec-
tueuſes, pleines d'eſtime pour les autres, & de
dédain pour luy meſme. Si on l'en veut croire
il eſt indigne de tous les honneurs, il n'eſt capable d'aucun employ, il ne reçoit les charges
où on l'eleue que comme vn effet de la bonté
des hommes, & de la faueur aueugle de la fortune. C'eſt l'orgueil qui iouë tous ces perſon-
nages que l'on prend pour l'humilité.

CCLXXVIII.

Tous les fentimens ont chacun vn ton de voix, vn gefte, & des mines qui leur font propres; ce raport bon, ou mauuais fait les bons ou les mauuais Commediens, & c'eft ce qui fait auffi que les perfonnes plaifent, ou déplaifent.

CCLXXIX.

Dans toutes les Profeffions, & dans tous les Arts, chacun fe fait vne mine & vn exterieur, qu'il met en la place de la chofe dont il veut auoir le merite; de forte que tout le monde n'eft compofé que de mines, & c'eft inutillement que nous trauaillons à y trouuer rien de réel

CCLXXX.

La grauité eft vn miftere du corps inuenté pour cacher les defauts de l'efprit.

CCLXXXI.

Il y a des perfonnes à qui les defauts fient bien, & d'autres qui font difgraciées auec leurs bonnes qualitez.

CCLXXXII.

Le luxe & la trop grande politeſſe dans les
Eſtats, font le preſage aſſeuré de leur déca-
dence ; parce que tous les particuliers s'atta-
chant à leurs intereſts propres, ils ſe détournent
du bien public.

CCLXXXIII.

La ciuilité eſt vne enuie d'en receuoir, c'eſt
auſſi vn deſir d'eſtre eſtimé poly.

CCLXXXIV.

L'education que l'on donne aux Princes, eſt
vn fecond amour propre qu'on leur inſpire.

CCLXXXV.

Rien ne prouue tant que les Philoſophes ne
font pas ſi perſuadez qu'ils diſent que la mort
n'eſt pas vn mal, que le tourment qu'ils ſe
donnent pour eſtablir l'immortalité de leur
nom par la perte de la vie.

CCLXXXVI.

Il n'y a point de liberalite, ce n'eſt que la

vanité de donner, que nous aimons mieux que ce que nous donnons.

CCLXXXVII.

La pitié eſt vn ſentiment de nos propres maux dans vn ſujet étranger, c'eſt vne preuoyance habile des malheurs où nous pouuons tomber, qui nous fait donner du ſecours aux autres pour les engager à nous le rendre dans de ſemblables ocaſions; de ſorte que les ſeruices que nous rendons à ceux qui en ont beſoin, ſont à proprement parler des biens anticipez que nous nous faiſons à nous meſmes.

CCLXXXVIII.

La petiteſſe de l'eſprit fait ſouuent l'opiniaſtreté, & nous ne croyons pas aiſément ce qui eſt au dela de ce que nous voyons.

CCLXXXIX.

On s'eſt trompé quand on a crû qu'il n'y auoit que les violentes paſſions comme l'ambition, & l'amour qui puſſent triompher des autres; la pareſſe, toute languiſſante qu'elle eſt, ne laiſſe pas d'en eſtre ſouuent la maiſtreſſe, elle vſurpe ſur tous les deſſeins & ſur toutes les actions de la vie, elle y détruit, & y confomme infenfiblement toutes les paffions, & toutes les vertus.

CCLXXXX.

De toutes les paffions celle qui eft la plus inconuë à nous mefmes, c'eft la pareffe, elle eft la plus ardente & la plus maligne de toutes, quoy que fa violence foit infenfible, & que les dommages qu'elle caufe foient tres-cachez; fi nous confiderons attentiuement fon pouuoir, nous verrons qu'elle fe rend en toutes rencontres maiftreffe de nos fentimens, de nos interefts, & de nos plaifirs; c'eft la remore qui a la force d'arrefter les plus grands vaiffeaux, c'eft vne bonace plus dangereufe aux plus importantes affaires que les écueils, & que les plus grandes tempeftes; le repos de la pareffe eft vn charme fecret de l'ame qui fufpend foudainement les plus ardentes pourfuittes, & les plus opiniaftres refolutions; pour donner enfin la veritable idée de cette paffion, il faut dire que la pareffe eft comme vne beatitude de l'ame, qui la confole de toutes fes pertes, & qui luy tient lieu de tous les biens.

CCLXXXXI.

La promptitude auec laquelle nous croyons

le mal fans l'auoir affez examiné, eft vn effet
de la pareffe & de l'orgueil. On veut trouuer
des coupables & on ne veut pas fe donner la
peine d'examiner les crimes.

CCLXXXXII.

Nous recufons tous les iours des Juges pour
les plus petits interefts, & nous faifons dé-
pendre noftre gloire & noftre reputation qui
font les plus grands biens du monde, du iugement des hommes qui nous font tous contraires, ou par leur ialoufie, ou par leur mali-
gnité, ou par leur preocupation, ou par leur
fottife; & c'eft pour obtenir d'eux vn arreft en
noftre faueur, que nous expofons noftre repos
& noftre vie en cent manieres, & que nous la
condamnons à vne infinité de foucis, de peines,
& de trauaux.

CCLXXXXIII.

De plufieurs actions differentes que la Fortune arrange comme il luy plaift, il s'en fait
plufieurs vertus.

CCLXXXXIV.

L'honneur acquis, eft caution de celuy qu'on
doit acquerir.

C C L X X X X V.

La ieuneſſe eſt vne yvreſſe continuelle, c'eſt la fièvre de la ſanté, c'eſt la folie de la raiſon.

C C L X X X X V I.

On aime bien à deuiner les autres, mais l'on n'aime pas a eſtre deuiné.

C C L X X X X V I I.

Il y a des gens qu'on aprouue dans le monde, qui n'ont pour tout merite que les vices qui feruent au commerce de la vie.

C C L X X X X V I I I.

C'eſt vne ennuyeuſe maladie que de conferuer ſa ſanté par vn trop grand regime.

C C L X X X X I X.

Le bon naturel qui ſe vante d'eſtre toûjours ſenſible, eſt dans la moindre occaſion étoufé par l'intereſt.

C C C.

Il eſt moins impoſſible de prendre de l'a-
mour quand on n'en a pas que de s'en dèfaire
quand on en a.

C C C I.

La plus part des femmes ſe rendent plûtoſt
par foibleſſe que par paſſion, de là vient que
pour l'ordinaire les femmes entreprenantes
reüſſiſſent mieux que les autres, quoy qu'elles
ne ſoient pas plus aimables.

C C C I I.

N'aymer guere en amour, eſt vn moyen aſſeuré pour eſtre aymé.

C C C I I I.

L'abſence diminuë les mediocres paſſions, &
augmente les grandes, comme le vent èteint
les bougies & alume le feu.

C C C I V.

La ſincerité que ſe demandent les Amants &

les Maiſtreſſes, pour ſçauoir l'vn & l'autre, quand ils ceſſeront de s'aymer, eſt bien moins pour vouloir eſtre auertis quand on ne les aymera plus, que pour eſtre mieux aſſurez qu'on les ayme, lors que l'on ne dit point le contraire.

CCCV.

Les femmes croyent ſouuent aymer, quoy qu'elles n'ayment pas; l'ocupation d'vne intrigue, l'émotion d'eſprit que donne la galanterie, la pante naturelle au plaiſir d'eſtre aymées, & la peine de refuſer leur perſuade qu'elles ont de la paſſion, lors qu'elles n'ont tout au plus que de la coquetterie.

CCCVI.

La plus iuſte comparaiſon qu'on puiſſe faire de l'amour, c'eſt celle de la fiévre, nous n'auons non plus de pouuoir ſur l'vn que ſur l'autre, ſoit pour ſa violence ou pour ſa durée.

CCCVII.

Ce qui fait que l'on eſt ſouuent mécontent de ceux qui negotient : eſt qu'ils abandonnent quaſi toûjours l'intereſt de leurs amis pour

l'intereſt du fonds de la negotiation, qui deuient le leur, par la gloire d'auoir reiiſſi à ce
qu'ils auoient entrepris.

CCCVIII.

Le plus ſouuent quand nous exagerons la
tendreſſe que nos amis ont pour nous, c'eſt
moins par reconnoiſſance que par vn deſir
habile de faire iuger de noſtre merite.

CCCIX.

L'aprobation que l'on donne à ceux qui entrent dans le Monde, eſt bien ſouuent vne
enuie ſecrete que l'on a contre ceux qui y
ſont établis.

CCCX.

La plus grande habileté des moins habiles,
eſt de ſe ſçauoir ſoûmetre à la bonne conduite d'autruy.

CCCXI.

Il y a des fauſſetez déguiſées qui repreſen-
tent ſi bien la verité, que ce ſeroit mal iuger
que de ne s'y pas laiſſer tromper.

CCCXII.

Il n'y a quelquefois pas moins d'habileté à fçauoir profiter d'vn bon confeil qu'on nous donne, qu'a fe bien confeiller foy mefme.

CCCXIII.

Il y a de mechans hommes, qui feroient moins dangereux s'ils n'auoient aucune bonté.

CCCXIV.

La magnanimité eft affez definie par fon nom, on pourroit dire toutefois que c'eft le bon fens de l'orgueil, & la voye la plus noble pour receuoir des loüanges.

CCCXV.

Il eft impoffible d'aimer vne feconde fois, ce qu'on a veritablement ceffé d'aimer.

CCCXVI.

Ce n'eft pas la fertilite de l'efprit qui fait trouuer plufieurs expedients fur vne mefme affaire, c'eft pluftoft le defaut de lumiere qui

nous fait arrefter à tout ce qui fe prefente à
l'imagination, & qui nous empefche de difcerner
d'abort ce qui nous eft propre.

CCCXVII.

Il y a des affaires & des maladies que les
remedes aigriffent; & on peut dire que la
grande habileté confifte a fçauoir connoiftre
les temps où il eft dangereux d'en faire.

Apres auoir parlé de la fauſſeté des vertus,
il eſt raiſonnable de dire quelque choſe de
la fauſſeté du mépris de la mort; i'entens
parler de ce mépris de la mort, que les
Payens ſe vantent de tirer de leurs propres
forces ſans l'eſperance d'vne meilleure vie. Il
y a difference entre ſouffrir la mort conſtam-
ment, & la mépriſer : Le premier ſentiment
eſt aſſez ordinaire, mais ie croy que l'autre
n'eſt iamais ſincere. On a écrit neantmoins
tout ce qui peut le plus perſuader que la mort
n'eſt point vn mal : & les plus foibles hommes
auſſi bien que les Heros ont donné mille celebres exemples pour eſtablir cette opinion. Cependant ie doute que perſonne de bon ſens en
ait iamais eſté veritablement perſuadé : &
toute la peine qu'on ſe donne pour en venir
a bout, fait aſſez paroiſtre que cette entrepriſe
n'eſt pas aiſée. On a mille ſujets de mépriſer
la vie, mais on n'en peut auoir de mépriſer la
mort; ceux meſmes qui ſe la donnent volon-
tairement ne la content pas pour ſi peu de
choſe : & ils la rejettent & s'en eſtonnent
comme les autres, lors qu'elle vient a eux par
vne autre voye que celle qu'ils ont choiſie.

L'inegalité que l'on remarque dans le courage
d'vn nombre infini de vaillans hommes, vient
de ce que la mort fe découure a leur imagination, & y paroifl plus prefente en vn temps
qu'en vn autre : & ainfi il arriue, qu'apres
auoir méprifé ce qu'ils ne connoiffoient pas,
ils craignent enfin ce qu'ils connoiffent. Il faut
éuiter de la voir auec toutes fes circonflances,
fi on ne veut pas croire qu'elle foit le plus
grand de tous les maux. Les plus habiles & les
plus braues, font ceux qui prennent de plus
honnefles pretextes pour s'empefcher de la
confiderer : mais tout homme qui la fçait
voir telle qu'elle eft, trouue que la ceffation
d'eftre comprend tout ce qu'il y a d'épouuen-
table. La neceffité inéuitable de mourir fait
toute la conftance des Philofophes, ils croyent
qu'il faut aller de bonne grace où l'on ne fe
peut empefcher d'aller ; & ne pouuant éterni-
fer leur vie, il n'y a rien qu'ils ne faffent pour
eternifer leur gloire, & pour fauuer ainfi du
nauffrage ce qui en peut eftre garanty. Conten-
tons nous pour faire bonne mine, de ne nous
pas dire a nous mefmes tout ce que nous en
penfons : & efperons plus de noftre temperament, que des foibles raifonnemens a l'abry
defquels nous croyons pouuoir approcher de
la mort auec indiference. La gloire de mourir
auec fermeté, la fatisfaction d'eftre regreté de

ſes amis, & de laiſſer vne belle reputation, l’eſperance de ne plus ſouffrir de douleurs, &
d’eſtre a couuert des autres miſeres de la vie,
& des caprices de la fortune, ſont des remedes
qu’on ne doit pas rejetter : Mais on ne doit
pas croire auſſi qu’ils ſoient infaillibles. Ils ſont
pour nous aſſeurer, ce qu’vne ſimple hayë fait
ſouuent à la guerre, pour couurir ceux qui
doiuent approcher d’vn lieu d’où l’on tire :
quand on en eſt éloigné, on croit qu’elle peut
eſtre d’vn grand ſecours; mais quand on en
eſt proche, on voit que tout la peut percer.
Nous nous flatons, de croire que la mort nous
paroiſſe de prés, ce que nous en auons iugé de
loin; & que nos ſentimens qui ne ſont que foibleſſe, que varieté, & que confuſion, ſoient
d’vne trempe aſſez forte pour ne point ſouffrir
d’alteration par la plus rude de toutes les
épreuues. C’eſt mal connoiſtre les effets de
l’amour propre, que de croire qu’il puiſſe nous
ayder a conter pour rien, ce qui le doit neceſ-
ſairement détruire : & la raiſon dans laquelle
on croit trouuer tant de reſſources, n’eſt que
trop foible en cette rencontre pour nous perſuader ce que nous voulons. C’eſt elle qui
nous trahit le plus ſouuent, & au lieu de nous
inſpirer le mépris de la mort, elle ſert à nous
decouurir ce qu’elle a d’affreux & de terrible :
tout ce qu’elle peut faire pour nous, eſt de

nous conseiller d'en détourner les yeux, & de
les arrester sur d'autres objets. Caton & Bru-
tus en choisissent d'illustres & d'éclatans; vn
Laquais se contenta dernierement de danser
les tricotets sur l'échafaut où il deuoit estre
roüé. Ainsi bien que les motifs soient diferens,
ils produisent souuent les mesmes effets. De
sorte qu'il est vray de dire, que quelque dis-
proportion qu'il y ait entre les grands hommes
& les gens du commun, les vns & les autres ont
mille fois receu la mort d'vn même visage.
Mais ça toûjours esté auec cette difference; que
c'est l'amour de la gloire qui oste aux grands
hommes la veuë de la mort, dans le mespris
qu'ils font paroistre quelquefois pour elle; &
dans les gens du commun, ce n'est qu'vn efet
de leur peu de lumiere, qui les empeschant de
connoistre toute la grandeur de leur mal, leur
laisse la liberté de songer à autre chose.

FIN

www.ingramcontent.com/pod-product-compliance
Ingram Content Group UK Ltd.
Pitfield, Milton Keynes, MK11 3LW, UK
UKHW020021100726
13658UKWH00003B/1022